U0093530

Häa-net.com
哈福網路商城

用中文溜德語

5個私房本領 學來超簡單

世界第一簡單
中文注音學習法

哈福編輯部◎編著

哈福

這麼簡單的德語　我也會說

《用中文溜德語》是可以讓沒有德語基礎的人，能夠在最快的時間內，馬上開口説德語的神奇德語隨身書。利用簡易的中文注音，我們讓德語學習變得好輕鬆、好簡單！

學語言有沒有捷徑？這個問題的答案是肯定的。當大家都從枯燥的發音練習開始，然後努力地背好所有的文法規則時，你也可以選擇，不要走這樣一條漫長的道路。在這邊，我們推薦你一種革新式的德語學習法，那就是用中文快速溜德語。

你想要去德國旅行嗎？你對德文有興趣卻從來沒有學過嗎？沒關係，這本書最適合零基礎的自學者。日常生活中會出現的情境會話，盡在本書中。百分之百會用的到的必備會話，以簡易的句子表達，配合中文、德文、拼音對照的方式呈現，絕對可以滿足你快速學習、在短期內輕鬆脱口説德文的心願。

現在，就把這本小書放到口袋，一有空就拿出來看看。你會發現，在不知不覺中，你就已經可以說出一口純正的德語了。

本書特色

特色一：中文注音學習法，懂中文就能夠立刻說德語。每個單字、每句會話都附有中文拼音及中文意義解釋。碰到不會讀的德語單字時，只要對照著旁邊的中文注音念，馬上就可以和德國人侃侃而談。

特色二：編排清晰，內容依情境分成十個部分。從基本單字、交通、觀光到用餐、購物一應俱全。只要你熟記書中語句，對你的德語口頭表達能力的提高，一定受益無窮。

Inhaltsverzeichnis

基本單字

一 . 數字

- □ 1
  eins
  安司

- □ 2
  zwei
  ㄘ外

- □ 3
  drei
  斷

- □ 4
  vier
  費而

- □ 5
  fünf
  負

- □ 6
  sechs
  些克斯

- □ 7
  sieben
  西本

- □ 8
  acht
  阿

- □ 9
  neun
  諾以

- □ 10
  zehn
  簽

☐ 11
elf
ㄟ負

☐ 12
zwölf
ㄘ握夫

☐ 13
dreizehn
斷簽

☐ 14
vierzehn
費而簽

☐ 15
fünfzehn
負簽

☐ 16
sechzehn
些克斯簽

☐ 17
siebzehn
西部簽

☐ 20
zwanzig
ㄘ汪氣需

☐ 30
dreißig
跩氣需

☐ 40
vierzig
費爾氣需

☐ 50
fünfzig
阿穩負氣需

☐ 60
sechzig
西氣需

□ 70

siebzig

稀薄氣需

□ 100

hundert

昏折特

□ 80

achtzig

阿氣需

□ 1000

tausend

掏森

□ 90

neunzig

諾以氣需

□ 10000

zehntausend

簽掏森

布萊梅音樂家雕像

二. 日期

□今天

heute

霍以特

□後天

übermorgen

淤博摩根

□昨天

gestern

節司頓

□早上

morgens(adv.)

摩根斯

□明天

morgen

摩根

□上午

vormittags (adv.)

佛米踏斯

□前天

vorgestern

佛節司頓

□中午

mittags (adv.)

米踏斯

□下午
nachmittags (adv.)
那喝米踏斯

□晚間
abends(adv.)
阿本斯

□夜晚
nachts(adv.)
那斯

□週一
der Montag
夢踏

□週二
der Dienstag
丁斯踏

□週三
der Mittwoch
密特握喝

□週四
der Donnerstag
東勒斯踏

□週五
der Freitag
福來踏

□週六
der Samstag
三思踏

□週日
der Sonntag
鬆踏

□春天
der Frühling
夫林

□夏天
der Sommer
鬆末

□秋天
der Herbst
賀依柏斯特

□冬天
der Winter
威因特

□一月
der Januar
壓努爾

□二月
der Februar
非布爾

□三月
der März
妹ㄘ

□四月
der April
阿闕爾

□五月
der Mai
賣

□六月
der Juni
淤裡

□七月
der Juli
淤利

□十月
der Oktober
歐課拖伯

□八月
der August
凹古斯特

□十一月
der November
諾菲薄

□九月
der September
些瀑天博

□十二月
der Dezember
低千薄

三. 身體的各個部位

□頭
der Kopf
扣夫

□耳朵
das Ohr
歐兒

□臉部
das Gesicht
葛係需特

□牙齒
der Zahn
倉

□眼睛
das Auge
凹哥

□嘴巴
der Mund
慕撤

□鼻子
die Nase
那色

□脖子 / 頸子
der Nacken
那肯

□嘴唇
die Lippe
麗盆

□腳
der Fuß
富斯

□**胸部**

die Brust

不斯特

□**腹部**

der Bauch

包喝

□**肩膀**

die Schulter

需特

□**手臂**

der Arm

骯母

□**手**

die Hand

漢

□**手掌**

die Handfläche

漢福雷削

□**手指**

der Finger

分格

□**皮膚**

die Haut

浩

□**身材**

die Figur

非估

□**身體**

der Körper

闊破

四. 人物的稱呼

□你
du(pron.)
杜

□我們
wir(pron.)
威而

□我
ich(pron.)
易需

□他們
sie(pron.)
西

□他
er(pron.)
ㄟ兒

□您
Sie(pron.)
西

□她
sie(pron.)
西

□它
es(pron.)
ㄟ斯

□你們
ihr(pron.)
依兒

□(男)朋友
der Freund
逢德

□女朋友
die Freundin
逢丁

□孩子
das Kind
金

□家庭
die Familie
髮命令

□兒子
der Sohn
鬆

□父母
die Eltern (pl.)
愛頓

□女兒
die Tochter
拓喝特

□父親
der Vater
髮特

□兄弟姊妹
die Geschwister (pl.)
葛許威斯特

□母親
die Mutter
母特

□兄弟
der Bruder
布魯德

□姊妹
die Schwester
許威斯特

□丈夫 / 男人
der Mann
曼

□祖父母
die Großeltern (pl.)
國斯愛頓

□妻子 / 女人
die Frau
福老

□祖父
der Großvater
國斯髮特

□孫子孫女
das Enkelkind
安可金

□祖母
die Großmutter
國斯母特

□孫子
der Enkel
安可

□夫婦
die Ehepaar(pl.)
ㄟ兒趴

□孫女
die Enkelin
安可令

五.職業的說法

□**公職人員**
der Beamte
伯骯特

□**廚師**
der Koch
闊喝

□**農夫**
der Bauer
包而

□**建築師**
der Architekt
阿西貼課

□**工人**
der Arbeiter
阿白特

□**計程車司機**
der Taxifahrer
貼西發勒

□**售貨員、店員**
der Verkäufer
匪考佛

□**士兵**
der Soldat
所達

□**警察**

der Polizist

伯離緝私

□**女秘書**

die Sekretärin

些潰太林

□**律師**

der Rechtsanwalt

略序安望

□**飛機駕駛員**

der Pilot

劈落

□**職員**

der Angestellte

安葛使貼特

□**機械工人**

der Mechaniker

每瞎你克

□**空姐**

die Stewardeß

使貼挖對司

□**工程師**

der Ingenieur

因真你而能

□**會計員**

der Buchhalter

布喝哈疼勒

□**肉舖師傅**

der Metzger

妹ㄘ葛來

□**木工**

der Tischler

替虛勒

□**家庭主婦**

die Hausfrau

浩斯福老

布萊梅街景

六. 感情的表現

□高興的
glücklich
(adj.)
嚕魯克里虛

□害怕的
ängstlich
(adj.)
骯斯特里虛

□歡喜的
fröhlich
(adj.)
福羅里虛

□滿意的
zufrieden
(adj.)
出非登

□哀傷的
traurig
(adj.)
掏里虛

□煩躁的
nervös
(adj.)
樂佛斯

□狂怒的
wütend
(adj.)
屋疼

□擔心的
besorgt
(adj.)
伯塑葛特

□失望的
enttäuscht
(adj.)
煙套損

□沮喪的
depressiv
(adj.)
德配西服

□快活的
heiter
(adj.)
嗨特

□痛苦的
schmerzlich
(adj.)
師妹秤里虛

□惱怒的
ärgerlich
(adj.)
ㄟ葛里虛

□羨慕的
niedisch
(adj.)
耐得里虛

□憂鬱的
melancholisch
(adj.)
沒藍闊里虛

□炎熱的
heiß
(adj.)
害司

☐冷的
kalt (adj.)
卡特

☐彩色的
bunt (adj.)
布特

☐涼爽的
kühl
(adj.)
哭

☐舒適的
gemütlich
(adj.)
葛慕ㄘ里虛

哥德式教堂

七. 世界各國

□德國
Deutschland
多依ㄘ藍

□美國
die USA (pl.)
屋ㄟ斯啊

□法國
Frankreich
訪客來需

□中國
China
吸納

□俄國
Russland
陸斯蘭

□日本
Japan
鴉片

□英國
Großbritannien
國斯必塔泥恩

□比利時
Belgien
憋金恩

□奧地利
Österreich
歐斯特來需

□丹麥
Dänemark
單勒馬

□義大利
Italien
義大利恩

□瑞士
die Schweiz
史外ㄘ

□荷蘭
die Niederlande (pl.)
你得藍得

□西班牙
das Spanien
史般你恩

□波蘭
Polen
波冷

□土耳其
die Türkei
土開

□葡萄牙
Portugal
波圖加

□加拿大
Kanada
加拿大

□瑞典
Schweden
史威登

□阿根廷
Argentinien
阿跟提你雅

八. 衣服、飾品

□大衣
der Mantel
慢特

□連衣裙
das Kleid
課來

□夾克
die Jacke
牙課

□女上衣
die Bluse
布色

□整套男西服
der Anzug
安促

□襯衫
das Hemd
漢母

□套頭毛衣
der Pullover
撲歐佛

□褲子
die Hose
後色

□T 恤
das T-Shirt
踢序

□牛仔褲
die Jeans (pl.)
僅斯

□**內衣褲**
die Unterwäsche
溫特威雪

□**靴子**
der Stiefel
使踢佛

□**胸罩**
der Büstenhalter
不斯特哈特

□**領子**
der Kragen
克拉跟

□**裙子**
der Rock
落克

□**眼鏡**
die Brille
必勒

□**鞋子**
der Schuh
書

□**戒指**
der Ring
林跟

□**襪子**
der Strumpf
史都福

□**圍巾**
der Schal
殺爾

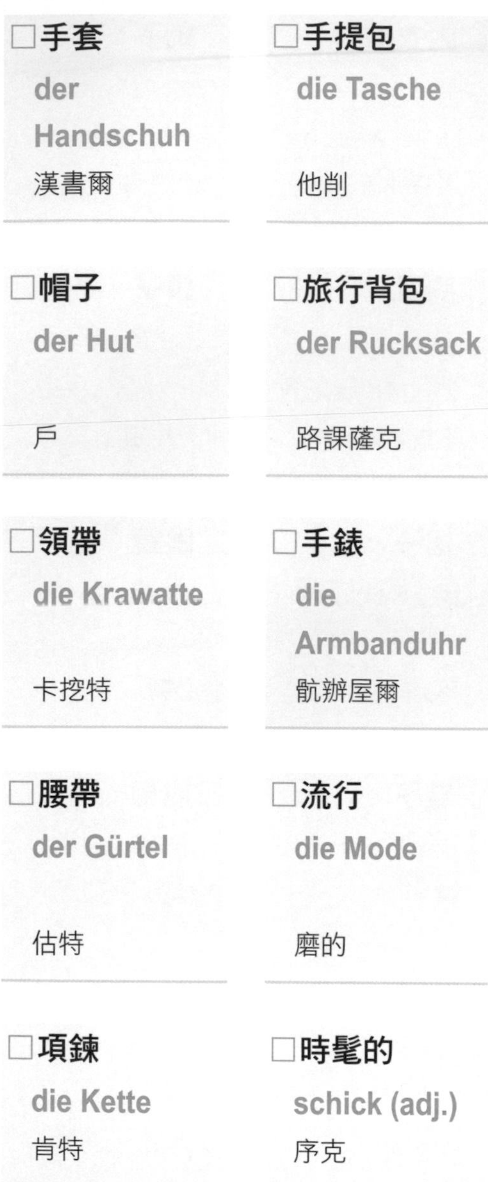

□手套
der Handschuh
漢書爾

□手提包
die Tasche
他削

□帽子
der Hut
戶

□旅行背包
der Rucksack
路課薩克

□領帶
die Krawatte
卡挖特

□手錶
die Armbanduhr
骯辦屋爾

□腰帶
der Gürtel
估特

□流行
die Mode
磨的

□項鍊
die Kette
肯特

□時髦的
schick (adj.)
序克

□**貴的**

teuer (adj.)

拖依爾

□**高雅的**

elegant (adj.)

ㄟ列剛

□**便宜的**

billig (adj.)

比利需

□**過時的**

altmodisch (adj.)

阿特磨地虛

Ohne Fleiß, kein Preis!
努力才有收穫！

九 . 生活用品

□**鑰匙**

der Schlüssel

使路色

□**身份證**

der Personalausweis

瞥森諾凹司外司

□**眼鏡**

die Brille

必勒

□**學生證**

der Studentenausweis

史都電燈凹司外司

□**太陽眼鏡**

die Sonnenbrille

鬆能必勒

□**信用卡**

die Kreditkarte

潰雷德卡特

□**隱形眼鏡**

die Kontaktlinse

恐踏林色

□**口紅**

der Lippenstift

利盆史帝夫特

□香水
das Parfüm
趴夫

□衣架
der Bügel
布格

□手帕
das Taschentuch
他損吐喝

□曬衣夾子
die Klammer
克拉門

□衛生棉
die Slipeinlage
私利安辣歌

□飯碗
die Schüssel
蘇色

□體重機
die Waage
挖歌

□碟子
der Teller
貼勒

□打火機
das Feuerzeug
佛額促

□盤子
die Platte
撲拉特

□筷子

das Essstäbchen

ㄟ斯使貼必痕

□叉子

die Gabel

嘎伯

□刀

das Messer

妹色

□湯匙

der Löffel

囉佛

好吃的德國香腸

十.房間、家具

□客廳
das Wohnzimmer
握千門

□地毯
der Teppich
貼配需

□鐘
die Uhr
屋兒

□架子
das Regal
雷格

□沙發
das Sofa
縮發

□櫥櫃
der Schrank
使朗克

□小沙發
der Sessel
些色

□鏡子
der Spiegel
使必格

□燈
die Lampe
朗婆

□窗戶
das Fenster
翻是德

□門
die Tür
兔兒

□鎖
das Schloss
使落色

□地板
der Boden
博登

□花瓶
die Vase
挖色

□屋頂
das Dach
大喝

□煙灰缸
der Aschenbecher
阿取別喝

□天花板
die Decke
跌克

□冷氣機
die Klimaanlage
課令馬安拉葛

□牆壁
die Wand
望

□電風扇
der Ventilator
凡地拉得

□**插頭**
der Stecker
使貼課

□**枕頭**
das Kissen
克依森

□**插座**
die Steckdose
使貼課奪色

□**鬧鐘**
der Wecker
威肯

□**房間**
das Zimmer
千門

□**百葉窗**
die Jalousie
假魯西

□**臥室**
das Schlafzimmer
史拉夫千門

□**簾幔**
der Vorhang
佛漢

□**床**
das Bett
背特

□**書房**
die Studierstube
史都敵恩史都伯

□工作室
das Arbeitszimmer
阿白特千門

□瓦斯爐
der Gasherd
嘎司海德

□浴室
das Badezimmer
八德千門

□微波爐
die Mikrowelle
瞇可胃勒

□浴缸
die Wanne
挖能

□烤箱
der Ofen
歐焚

□廚房
die Küche
哭喝

□烤麵包機
der Toaster
拓司特

□飯鍋

der Kochtopf

擴喝拓夫

□果汁機

der Entsafter

煙殺佛

□水壺

die Kanne

卡勒

□咖啡機

die Kaffeemaschine

咖啡馬訓勒

輕輕鬆鬆備好德語單字！

十一．辦公用品，文具

☐電腦
der Computer
空飄特

☐硬碟
die Festplatte
費司特波拉特

☐螢幕
der Monitor
莫你特

☐磁碟片
die Diskette
地撕課ㄟ特

☐滑鼠
die Maus
冒斯

☐印表機
der Drucker
督課

☐鍵盤
die Tastatur
他撕塔兔

☐網路
das Internet
因特鎳

□網址
die Website
味不細

□計算機
der Rechner
雷需勒

□網頁
die Webseite
味不曬特

□紙
das Papier
怕批兒

□電子郵件
die E-Mail
衣妹兒

□鉛筆
der Bleistift
博來史帝夫特

□電子郵件地址
die E-Mail-Adresse
衣妹兒阿對色

□原子筆
der Kugelschreiber
庫格史踹伯

□資料夾
die Datei
搭太

□彩色筆
der Buntstift
撥恩特史帝夫特

□水彩筆
der Pinsel
拼色

□量角器
der Winkelmesser
溫可滅色

□鋼筆
der Füller
夫勒

□筆記本
das Heft
黑負特

□尺
das Lineal
林你啊

□釘書機
die Heftmaschine
黑負特馬訓勒

□圓規
der Zirkel
妻兒可

□釘書針
die Heftklammer
黑負特可拉門

□**橡皮擦**

der Radiergummi

拉敵爾估米

□**剪刀**

die Schere

薛爾

□**立可白**

die Korrekturflüssigkeit

科雷特兔而俘虜系虛凱

□**迴紋針**

die Büroklammer

部落可拉門

□**削鉛筆機**

der Spitzer

史必測

□**膠水**

der Klebstoff

課列伯使拖夫

來杯咖啡，休息一下吧！

十二.生活常用動詞

□**過來**
kommen (v.)
空門

□**閱讀**
lesen (v.)
列森

□**走去**
gehen (v.)
給恩

□**回答**
antworten (v.)
安特握疼

□**跑步**
laufen (v.)
勞分

□**帶來**
bringen (v.)
賓跟

□**笑**
lachen (v.)
拉痕

□**使回憶起**
erinnern (v.)
ㄟ因能

□**哭**
weinen (v.)
歪能

□**詢問**
fragen (v.)
法跟

☐**相信**
glauben (v.)
葛勞奔

☐**做**
tun (v.)
吐

☐**有**
haben (v.)
哈奔

☐**度過**
verbringen (v.)
匪賓跟

☐**拿**
nehmen (v.)
年門

☐**等待**
warten (v.)
挖疼

☐**告訴**
sagen (v.)
殺跟

☐**打**
schlagen (v.)
史拉跟

☐**說**
sprechen (v.)
使被痕

☐**投擲**
werfen (v.)
威分

☐**站**
stehen (v.)
使貼痕

☐**跳**
springen (v.)
使拼跟

十三. 生活常用形容詞

□無所謂的
egal (adj.)
ㄟ嘎

□高的
hoch (adj.)
或喝

□糟糕的
furchtbar (adj.)
佛需罷

□冷的
kalt (adj.)
卡特

□舒適的
gemütlch (adj.)
葛慕ㄘ里虛

□壞掉的
kaputt (adj.)
卡瀑

□炎熱的
heiß (adj.)
害司

□滑稽的
komisch (adj.)
空米需

□涼爽的
kühl (adj.)
哭

□紅色的
rot (adj.)
羅特

□新的
neu (adj.)
諾以爾

□橘色的
orange (adj.)
歐蘭菊

□傑出的
prima (adj.)
匹馬

□黃色的
gelb (adj.)
傑布

□惡劣的
schlimm (adj.)
使另

□綠色的
grün (adj.)
顧慮

□重要的
wichtig (adj.)
威需體需

□藍色的
blau (adj.)
柏勞

□紫色的
purpurn (adj.)
波波

□有禮貌的
höflich (adj.)
或夫里虛

□黑色的
schwarz (adj.)
使瓦ㄘ

□安靜的
ruhig (adj.)
呼以需

□白色的
weiß (adj.)
外司

□有敵意的
feindlich (adj.)
福唉德

□使人有好感的
sympatisch (adj.)
興趴替虛

□兇惡的
böse (adj.)
波色

□愛好運動的
sportlich
(adj.)
史撥替虛

□愛挑剔的
verwöhnt
(adj.)
匪饔特

□聰明的
klug (adj.)
庫魯

□愚蠢的
dumm
(adj.)
度恩

□輕佻的
lustig (adj.)
陸司替虛

□有智慧的
weise
(adj.)
歪蛇

□令人愉快的
angenehm
(adj.)
安葛年

□瘋狂的
verrückt
(adj.)
緋路克

☐高的

groß (adj.)

國斯

☐瘦的

mager (adj.)

媽格

☐魁梧的

stramm (adj.)

史當

☐苗條的

schlank (adj.)

史浪克

☐嬌小的

klein (adj.)

克藍

☐英俊的

hübsch (adj.)

呼不虛

☐胖的

dick (adj.)

地克

☐醜的

häßlich (adj.)

黑斯里需

☐豐滿的

üppig (adj.)

屋闢需

☐老的

alt (adj.)

阿特

□年輕的
jung (adj.)
永

□豔麗的
prächtig (adj.)
婆類虛替虛

□成熟的
reif (adj.)
來夫

□可愛的
süß (adj.)
素斯

□漂亮的
schön (adj.)
訊

Das Schloss
城堡

十四. 進餐

□早餐
das Frühstück
夫魯使度克

□沙拉
der Salat
沙拉

□午餐
das Mittagessen
米塔ㄟ森

□湯
die Suppe
蘇婆

□晚餐
das Abendessen
阿本ㄟ森

□魚
der Fisch
費許

□牛排
das Steak
使貼肯

□三明治
das Sandwich
三威區

□蛋餅
das Omelette
歐母雷特

□義大利麵
die Spaghetti
使八給提

□酸白菜
das Sauerkraut
艘兒考特

□香腸
die Wurst
物司特

□蛋
das Ei
哀

□火腿
der Schinken
興肯

□米
der Reis
萊司

□雞肉
das Hühnerfleisch
呼能福來西

□麵
die Nudel
努鬥

□肋肉排
das Kotelett
闊特雷特

□培根
der Speck
史配克

□馬鈴薯
die Kartoffel
卡拖佛

□肉排
das Schnitzel
史逆冊

□麵包
das Brot
布羅特

□丸子
der Kloß
克羅斯

□小圓麵包
das Brötchen
不痕

□蔬菜
das Gemüse
葛暮色

□土司
der Toast
土司

□蕃茄
die Tomate
拖媽特

□漢堡
der amburger
漢不格

□**乳酪**

der Käse

克ㄟ色

□**冰淇淋**

das Eis

愛司

□**蛋糕**

der Kuchen

哭痕

□**巧克力**

die Schokolade

修克拉得

Hmmm...Lecker!
恩…好吃！

十五. 漫步街頭

□商店
das Geschäft
葛薛夫特

□服飾店
der Bekleidungsladen
伯課來東斯拉燈

□超級市場
der Supermarkt
蘇破馬特

□小販賣亭
der Kiosk
七歐斯科

□食品店
das Lebensmittelgeschäft
勒本司密特葛薛夫特

□劇院
das Theater
貼阿特

□肉舖
die Metzgerei
妹ㄘ葛來

□書店
die Buchhandlung
布喝憨德壟

☐ **玩具店**

der Spielwarenladen

史必而瓦輪拉登

☐ **水果店**

das Obstgeschäft

歐不斯特葛薛夫特

☐ **藥房**

die Apotheke

阿婆貼課

☐ **博物館**

das Museum

慕西恩

☐ **文具店**

der Schreibwarenladen

史踹伯挖輪拉登

☐ **工廠**

die Fabrik

髮必克

☐ **鞋店**

das Schuhgeschäft

輸葛薛夫特

☐ **教堂**

die Kirche

七盒

□**麵包店**
die Bäckerei
貝克來

□**銀行**
die Bank
半課

□**醫院**
das Krankenhaus
康肯浩斯

□**郵局**
die Post
破斯特

□**火車站**
der Bahnhof
搬貨夫

□**餐廳**
das Restaurant
雷司特輪

□**機場**
der Flughafen
福錄格哈分

□**咖啡店**
das Café
卡非

□小酒館

die Kneipe

課耐婆

□幼稚園

der Kindergarten

金德嘎疼

□啤酒屋

der Biergarten

比爾嘎燈

□職業學校

die Berufsschule

伯路夫疏勒

□學校

die Schule

疏勒

□大學

die Universität

烏你匪系貼

德國人喝德國啤酒

十六. 地理位置

□東方的
östlich
(adj.)
歐斯特里虛

□左邊
links
(adv.)
林克斯

□西方的
westlich
(adj.)
威斯特里虛

□右邊
rechts
(adv.)
類克斯

□南方的
südlich
(adj.)
蘇德里虛

□這裡
hier
(adv.)
係爾

□北方的
nördlich
(adj.)
諾德里虛

□那裡
dort
(adv.)
踱特

□遠

fern (adv.)

訪

□在旁邊

neben (präp.)

內本

□近

nah (adv.)

那

□在附近

bei (präp.)

百

□在那邊

da (adv.)

大

□直到

bis (präp.)

必司

□在裡面

in (präp.)

因

□向著

zu (präp.)

出

□出來

aus (präp.)

凹斯

□向前

vorwärts adv.)

佛威ㄘ

□在上面

auf (präp.)

傲夫

□向後

rückwärts (adv.)

路課威ㄘ

十七. 運動、消遣

□棒球
der Baseball
爸斯播

□排球
der Volleyball
窩裡罷

□藍球
der Basketball
撥司給特罷

□網球
das Tennis
鐵泥司

□羽球
der Federball
飛德罷

□慢跑
das Jogging
揪給恩

□桌球
das Tischtennis
系虛鐵泥司

□高爾夫球
der Golfball
高夫罷

□撲克牌
die Karte
卡特

□跳舞
tanzen (v.)
坦森

□西洋棋
das Schach
殺序

□繪畫
malen (v.)
碼冷

□閱讀
lesen (v.)
列森

□畫畫
zeichnen (v.)
菜需冷

□唱歌
singen (v.)
新跟

□聽音樂
Musik hören (v.)
母膝 呼冷

□彈鋼琴

Klavier spielen (v.)

卡威爾 使必冷

□郊遊

einen Ausflug machen (v.)

唉冷 凹司俘虜 馬很

□游泳

schwimmen (v.)

使威門

□攝影

fotografieren (v.)

佛陀嘎飛爾冷

十八.疼痛的說法

□感冒
die Erkältung
ㄟ兒課雷同

□便秘
die Stuhlverstopfung
史都而匪史多風

□發燒
das Fieber
非薄

□腹瀉
der Durchfall
踱需法

□痛
der Schmerz
史妹ㄘ

□過敏
die Allergie
阿樂及

□頭暈
der Schwindel
示威得

□心臟病
die Herzkrankheit
黑ㄘ慷慨

□癌症
der Krebs
課雷不司

□鼻塞
der Schnupfen
使怒粉

□愛滋病
das Aids
愛滋

□貧血
die Blutarmut
不魯特安目

□保險套
das Kondom
康登

□失眠
die Schlaflosigkeit
史拉夫落希需凱

□流行性感冒
die Grippe
葛利婆

□精神病
die Geisteskrankheit
蓋斯特斯慷慨

□**頭痛**

der Kopfschmerz

闊夫史美ㄘ恩

□**扭傷**

verstauchen (v.)

匪掏訊

□**咳嗽**

husten (v.)

呼司頓

□**燙傷**

verbrennen (v.)

匪便能

□**嘔吐**

erbrechen (v.)

ㄟ兒不雷痕

□**打噴嚏**

niesen (v.)

逆森

十九 . 交通

□腳踏車
das Fahrrad
發辣

□吉普車
der Jeep
及普

□機車
das Motorrad
磨脫辣

□公車
der Bus
不司

□汽車
das Auto
凹陀

□車輛
der Wagen
挖根

□計程車
das Taxi
貼西

□卡車
der Lastkraftwagen
辣斯特跨夫特挖根

□救護車
der Krankenwagen
康肯挖根

□道路
der Weg
威格

□火車
der Zug
處

□街
die Straße
使他色

□船
das Schiff
係夫

□高速公路
die Autobahn
凹陀辦

□飛機
das Flugzeug
福錄格錯

□人行道
der Fußweg
負撕威格

□直昇機
der Hubschrauber
戶不需使勞柏

□斑馬線
der Zebrastreifen
七些八使帶分

□**十字路口**

die Kreuzung

闊一從

□**隧道**

der Tunnel

圖勒

□**橋**

die Brücke

不率課

□**加油站**

die Tankstelle

湯課使貼勒

Mit dem zug fahren!
搭火車！

二十. 文化、藝術

□繪畫
die Malerei
馬勒來

□美術館
die Galerie
嘎樂利

□展覽
die Ausstellung
凹斯使貼籠

□藝術家
der Künstler
庫斯特勒

□水彩畫
das Aquarell
阿垮列而

□畫家
der Maler
馬勒

□油畫
das Ölgemälde
歐葛妹得

□音樂
die Musik
慕西

□**音樂家**
der Musiker
莫西可

□**演員**
der Schauspieler
消逝必勒

□**影片**
der Film
墳

□**觀眾**
der Zuschauer
出消而

□**導演**
der Regisseur
累積色

□**表演**
die Aufführung
凹夫夫龍

□**首映**
die Erstaufführung
ㄟ斯特凹夫夫龍

□**劇本**
das Theaterstück
貼阿特史都克

□**戲劇**
das Theater
貼阿特

□**戲劇**
das Drama
搭碼

□舞台

die Bühne

不路勒

□作者

der Autor

凹凸而

□文學

die Literatur

李特拉圖

□作家

der Schriftsteller

史力夫史跌勒

ins kion gehen!
去看電影！

MEMO

基本會話

一．常用招呼

■早安！

Guten Morgen!

古騰 摩跟

■您好！/你好！

Guten Tag!

古騰 塔

■晚上好！

Guten Abend!

古騰 阿本

■晚安！

Gute Nacht!

古特 那喝特

■哈囉！

Hallo!

哈囉

■您好嗎？

Wie geht es Ihnen?

威 給ㄘ ㄟ斯 因能

■我很好！

Es geht mir gut!

ㄟ斯 給ㄘ 密爾 古德

■明天見！

Bis Morgen!

必司磨根

■待會見！

Bis gleich!

必司葛來許

■再見！

Auf Wiedersehen!

傲夫 威得悉恩

■再見！

Tschüss!

出司

二 . 感謝及道歉

謝謝！

Danke!

當可

不謝！

Bitte!

必特

抱歉！

Entschuldigung!

煙書敵工

沒關係！

Macht nichts!

罵喝 逆需次

不好意思！

Es tut mir leid.

ㄟ斯 兔ㄘ 米爾 來

三．肯定與否定

■好。

Ja.

壓

■明白了。

Alles klar.

阿樂斯 克拉

■不，不是。

Nein.

耐

■沒錯。

Genau.

格鬧

■胡扯。

Unsinn.

溫馨

四．詢問

■您叫什麼名字？

Wie heißen Sie?
威 海森 西

■您幾歲了？

Wie alt sind Sie?
威 阿 新 西

■您的職業是什麼？

Was sind Sie von Beruf?
瓦斯 新 西 馮 薄霧

■您從哪裡來？

Woher kommen Sie?
握黑 恐門 西

■現在幾點了？

Wie spät ist es?
威 使被 依司 ㄟ斯

五．介紹

■我叫蘇菲。

Ich heiße Sophie.

易需 海色 蘇菲

■我來自我介紹一下好嗎？

Darf ich mich vorstellen?

達夫 易需 米需 佛師貼冷

■幸會。

Angenehm.

安葛年

■我很高興認識您。

Freut mich, Sie kennenzulernen.

佛依特 米需 西 千能初年能

■我叫尼娜。

Mein Name ist Nina.

買 拿門 以斯特 尼娜

■我是德國人。

Ich komme aus Deutschland.
易需 恐末 凹斯 奪一次欄

■我是老師。

Ich bin Lehrerin.
易需 賓 列樂林

■我二十八歲。

Ich bin 28 Jahre alt.
易需 賓 阿溫ㄘ汪氣需 壓樂 阿

■我們見過面嗎？

Haben wir uns schon mal getroffen?
哈本 威而 溫司 兄 馬 葛拖分

■很高興看見您。

Schön, Sie zu sehen.
兄 西 出 先恩

■我在銀行工作。

Ich arbeite bei einer Bank.
易需 阿白特 百 唉鎳 棒課

六. 邀約

■您明天有空嗎？

Haben Sie morgen Zeit?

哈本 西 磨跟 菜

■我週末有空。

Ich habe am Wochenende Zeit.

易需 哈柏 骯 握痕煙得 菜

■您有沒有興趣明天去郊遊？

Haben Sie Lust, morgen einen Ausflug zu machen?

哈本 西 路斯特 磨跟 安冷 凹斯服路 出 碼痕

■我邀請您吃晚飯。

Ich lade Sie zum Abendessen ein.

易需 拉登 西 出母 阿本ㄟ森 安

■您要一起來嗎？

Wollen Sie mitkommen?

握冷 西 密恐門

基本會話

■要喝杯茶嗎？

Wie ist es mit einem Tee?

威 依司 ㄟ斯 密 安冷 貼

■我們要在哪裡碰面？

Wo sollen wir uns treffen?

握 所冷 威爾 溫司 推分

■我必須取消這個約會。

Ich muss die Verabredung absagen.

易需 畝司 低 匪阿被東 阿不殺跟

■這時間我有空。

Die Zeit passt mir.

低 菜 怕司 密爾

■沒有問題。

Kein Problem.

砍 趴不冷

七.拜訪朋友

■我今天可以去拜訪您嗎？

Kann ich Sie heute besuchen?

砍 易需 西 或依特 柏蘇痕

■我可以帶些什麼嗎？

Was kann ich mitbringen?

挖司 砍 易需 密賓跟

■我可以帶一個朋友過去嗎？

Darf ich einen Freund mitbringen?

達夫 易需 唉冷 逢依德 密賓跟

■請進！

Kommen Sie bitte herein!

恐門 西 必特 黑安

■請坐！

Nehmen Sie bitte Platz!

年門 西 必特 撲辣ㄘ

■您要喝茶還是咖啡？

Möchten Sie einen Kaffee oder Tee?

木需疼 西 唉冷 卡非 歐得 貼

■請別拘束！

Machen Sie es sich bequem!

罵痕 西 ㄟ斯

■您的家布置的很溫馨

Sie haben eine recht gemütliche Wohnung.

西 哈本 唉冷 列需特 葛目ㄘ里虛餓 握濃

■乾杯！

Zum Wohl!

出 握

■謝謝您的邀請。

Danke für die Einladung.

當課 服 低 安拉東

■對不起，我必須先告辭了。

Ich muss leider gehen.

易需 目司 來得 給恩

八.祝賀

■生日快樂！

Herzlichen Glückwunsch zum Geburtstag!

黑疵裡損 估魯課溫需 出母 葛不ㄘ塔

■聖誕快樂！

Fröhliche Weihnachten!

服羅裡損 歪那疼

■新年好！

Glückliches Neujahr!

故魯克李雪斯 諾依兒雅

■新年好！

Guten Rutsch ins neue Jahr!

故特 路需 因司 諾依爾 壓

■祝事事順心！

Alles gute!

阿樂斯 股特

■假期愉快！

Schöne Ferien!

燻樂 非力恩

■週末愉快！

Schönes Wochenende!

燻樂斯 握痕安得

■旅途平安！

Gute Reise!

股特 來司

■祝你成功！

Viel Erfolg!

飛爾 ㄟ服落格

■祝你玩得愉快！

Viel Spaß!

飛爾 史罷

■祝你好運！

Viel Glück!

飛爾 葛魯克

進入德國

在飛機內

1. 找座位及進餐

■這是我的登機證。我的位置在那裡？

Hier meine Bordkarte. Wo ist mein Platz?

黑而 買勒 博得卡特 握 依司 買 撲辣ㄘ

■我可以換另外一個座位嗎？

Darf ich einen anderen Platz haben?

達夫 易需 安冷 骯得冷 撲辣ㄘ 哈本

■我想要坐靠窗的位置。

Ich hätte gern einen Platz am Fenster.

易需 黑特 乾 唉冷 撲辣ㄘ 骯 翻斯特

■我想要一杯咖啡。

Ich hätte gern einen Kaffee.

易需 黑特 乾 唉冷 咖啡

■請給我雞肉餐！

Hühnerfleisch, bitte!

昏勒服來需 必特

在飛機內

2. 跟鄰座的乘客聊天

■您會說英文嗎？

Sprechen Sie Englisch?

使被痕 西 骯格里虛

■您從哪來的？

Woher kommen Sie?

握黑而 恐門 西

■如果我把燈打開的話，會不會打擾到您？

Stört es Sie, wenn ich das Licht anmache?

使多痕 ㄟ斯 西 歡 易需 達司 力需特 骯馬痕

■不好意思，能借我過一下嗎？

Entschuldigung, darf ich mal vorbei?

骯書地工 達夫 易需 馬 佛敗

■飛機誤點了嗎？

Hat die Maschine Verspätung?

海特 低 馬訓樂 非使背同

在飛機內

3. 跟空姐聊天

■我們要飛多久？

Wie lange dauert der Flug?

威 郎歌 到ㄜ特 跌 服路

■我們何時抵達？

Wann kommen wir an?

汪 恐門 威而 安

■有中文雜誌嗎？

Gibt es chinesische Zeitschriften?

給布 ㄟ斯 西鎳西需 菜使率夫特

■有中文報紙嗎？

Gibt es chinesische Zeitungen?

給布 ㄟ斯 西鎳西需 菜同跟

■電影在那個頻道播放？

In welchem Kanal läuft der Film?

因 威痕 卡吶 落夫特 德兒 分母

■我的耳機是壞的。

Mein Kopfhörer funktioniert nicht.

買 闊夫呼樂 風氣翁特 逆需特

■有枕頭及毛毯嗎？

Haben Sie Kissen und Decke?

哈本 西 器森 溫 跌課

■請給我一條毛毯。

Eine Decke, bitte.

唉冷 跌課 必特

■請再給我一個枕頭。

Bringen Sie mir noch ein Kissen.

賓跟 西 密爾 諾喝 安 器森

■我感覺不舒服。

Ich fühle mich nicht wohl.

易需 夫爾 密需 逆需 佛

■您有暈機藥嗎？

Haben Sie etwas gegen Luftkrankheit?

哈本 西 ㄟ特瓦斯 給跟 路夫特慷慨

在機場

1. 入境及通關

■這是我的旅行護照。

Hier ist mein Reisepass.

黑爾 以斯 賣 來色怕司

■您要在德國停留多久？

Wie lange wollen Sie in Deutschland bleiben?

威 郎而 握冷 西 因 多依ㄘ藍 布來本

■您打算來這裡做什麼呢？

Was haben Sie hier vor?

挖司 哈本 西 西而 佛

■我將在這停留一個月。

Ich werde hier einen Monat bleiben.

易需 威得 西而 安冷 萝吶 布來本

■我是來從事商業考察的。

Ich bin auf Geschäftsreise.

易需 賓 傲夫 葛血夫斯特來色

■我是來旅遊的。

Ich reise als Tourist.

易需 來色 阿司 圖呂斯特

■這是我的行李。

Das ist mein Gepäck.

打斯 依司 賣 葛沛克

■這些都是我的私人物品。

Das ist alles für meinen persönlichen Bedarf.

打斯 以斯 阿樂斯 服 買冷 瞥鬆裡損 博大夫

■我沒有要報稅的東西。

Ich habe nichts zu verzollen.

易需 哈柏 逆需ㄘ 出 斐搓冷

■您必須填這張表。

Sie müssen das Formular ausfüllen.

西 木森 打斯 佛木拉 凹斯夫冷

在機場

2. 在機場服務台

■轉機櫃臺在哪？

Wo ist der Informationschalter für die Anschlussflüge?

窩 以斯 德兒 因佛馬器翁殺特 服 低 骯使路斯服路格

■我想要更改航班。

Ich möchte umbuchen.
易需 木需特 溫不痕

■我聽不懂廣播在說什麼。

Ich habe den Lautsprecher nicht verstanden.
易需 哈柏 店 老使被合 逆需 匪使當燈

■我需要一輛行李車。

Ich brauche einen Wagen für mein Gepäck.
易需 包合 安冷 挖根 服 買 葛派

■我找不到我的行李。

Ich finde meinen Koffer nicht.
易需 分得 買勒 摳佛 逆需特

■您有多少行李？

Wieviele Gepäckstücke haben Sie?
威非樂 葛沛克史都課 哈本 西

進入德國

■請您把這些行李搬到計程車上。

Bringen Sie diese Koffer zum einen Taxi.

賓跟 西 低色 闊佛 出母 唉冷 貼西

■請給我一張城市地圖。

Geben Sie mir bitte einen Stadtplan.

給本 西 密而 必特 唉冷 使搭ㄘ瀑藍

■公車站在哪裡？

Wo ist die Bushaltestelle?

窩 依司 低 布斯哈特使貼樂

■這輛巴士開往市中心嗎？

Fährt der Bus ins Stadtzentrum?

非 低色 布斯 因司 史大ㄘ千同

■哪邊可以打電話？

Wo kann ich telefonieren?

窩 砍 易需 貼列風逆而冷

■計程車在哪裡搭？

Wo ist der Taxistand?

窩 依司 德兒 貼西使單

■火車站在哪？

Wo ist der Bahnhof?

窩 依司 跌而 搬貨夫

■車票在哪裡買？

Wo kann ich eine Fahrkarte kaufen?

窩 砍 易需 唉冷 發卡特 考分

在機場

3. 兌換錢幣

■在哪裡可以換錢？

Wo kann ich Geld wechseln?

窩 砍 易需 給 威森

■最近的兌換所在哪？

Wo befindet sich die nächste Wechselstube?

窩 柏分得 系虛 低 鎳斯特 威色史都柏

■哪裡可以兌換旅行支票？

Wo kann man Reiseschecks einlösen?

窩 砍 曼 來色先課 安落森

■該去那個櫃臺辦理？

Zu welchem Schalter soll ich gehen?

出 威很 殺特 所 易需 給痕

■手續費要多少錢？

Wie hoch sind die Gebühren?

威 或喝 醒 低 葛不冷

德國首都柏林的布蘭登堡門

在旅館

在旅館

1. 預約

■我想訂一間房間。

Ich möchte ein Zimmer bestellen.

易需 目需特 安 千門 柏使貼冷

■我訂了一間房間。

Ich habe ein Zimmer reserviert.

易需 哈柏 安 千門 雷色非依穩

■您想要什麼樣的房間呢？

Was für ein Zimmer wünschen Sie?

瓦斯 服 安 千門 溫選 西

■您要單人房還是雙人房？

Möchten Sie ein Doppelzimmer oder ein Einzelzimmer?

目需特 西 安 多婆千門 歐得 安 安測千門

■我們要訂一間雙人房。

Wir brauchen ein Doppelzimmer.

威爾 包痕 安 多婆千門

■您還有單人房嗎？

Haben Sie ein Einzelzimmer frei?
哈本 西 安 安測千門 服來

■我們有一間附淋浴設備的單人房。

Wir haben ein Einzelzimmer mit Dusche.
威爾 哈本 安 安測千門 密 嘟雪

■我想要一間安靜的房間。

Ich möchte ein ruhiges Zimmer.
易需 目需特 安 屋依格 千門

■您要在這裡住多久？

Wie lange bleiben Sie hier?
威 浪格 布來本 西 西而

■我住四天。

Ich bleibe 4 Tage.
易需 布來本 非而 踏格

■住宿費要多少錢？

Wie teuer ist das Zimmer?
威 拖依爾 以斯 打斯 千門

■我覺得太貴了。

Das ist mir zu teuer.
打斯 以斯 密爾 出 拖依爾

■住房費有包括早餐嗎？

Ist das Frühstück im Preis enthalten?
依司 打斯 夫魯師嘟課 因 派司 煙哈疼

在旅館

■我要這間房。

Ich nehme das Zimmer.
易需 年門 達司 千門

■請您填一下這個表格。

Füllen Sie dieses Formular aus.
夫冷 西 地色司 佛木拉 凹斯

在旅館
2. 住宿及客房服務

■我的房間號碼是 609。

Meine Zimmernummer ist 609.
買勒 千門怒門 以斯 些克斯歐諾以爾

■我很喜歡這個房間。

Das Zimmer gefällt mir gut.

打斯 千門 葛非特 密爾 股

■請您節省使用洗滌用品。

Seien Sie bitte sparsam mit dem Waschmittel.

塞冷 西 必特 使八喪 密 店 挖序米特

在旅館

■我把鑰匙忘在房間裡面了。

Ich habe meinen Schlüssel im Zimmer vergessen.

易需 哈柏 買勒 使路色 因 千門 匪給森

■我想再多住一天。

Ich möchte noch einen Tag länger bleiben.

易需 目需特 諾喝 安冷 踏 連根 布來本

■我能幫您做些什麼嗎？

Was kann ich für Sie tun?

瓦斯 砍 易需 服 西 吞

在旅館

■我能幫您嗎？

Kann ich Ihnen helfen?

砍 易需 依能 黑分

■您可不可以明天七點叫我起床？

Können Sie mich morgen um 7 Uhr wecken?

肯疼 西 密需 磨跟 溫 西本 屋而 威肯

■您能不能幫我提這行李？

Könnten Sie mir helfen, das Gepäck zu tragen?

肯疼 西 密而 黑分 打斯 葛沛克 出 他跟

■您的行李馬上到。

Ihr Gepäck kommt bald.

依兒 葛派課 恐 罷

■我應該到哪裡吃早餐？

Wo soll ich frühstücken?

窩 所 易需 夫魯史都課

■我想要換一間房間。

Ich möchte gerne ein anderes Zimmer.

易需 目需特 乾樂 安 安得樂斯 千門

■請您解釋這個給我聽。

Bitte erklären Sie mir das.

必特 ㄟ課連恩 西 密而 打斯

■我的房間已經打掃好了嗎？

Ist mein Zimmer schon aufgeräumt?

依司 買 千門 兄 凹夫葛落門特

■你們還可以再給我一條毛毯嗎？

Haben Sie noch eine Decke für mich?

哈本 西 諾喝 安勒 跌課 夫 密需

■您能不能把床單換掉？

Könnten Sie die Bettwäsche wechseln?

肯疼 西 低 被威雪 威森

■我可以把鑰匙放在您這嗎？

Darf ich den Schlüssel bei Ihnen lassen?

達夫 易需 店 使路色 百 依能 拉森

■我想送洗我的衣服。

Ich möchte meine Wäsche waschen lassen.

易需 目需特 買勒 威雪 挖選 拉森

■有人留言給我嗎？

Haben Sie eine Nachricht für mich?

哈本 西 安冷 那力居 服 密需

■您能幫我叫一部計程車嗎？

Könnten Sie ein Taxi für mich bestellen?

肯疼 西 安 貼西 服 密需 柏使貼冷

在旅館

3. 在旅館遇到麻煩

■電燈壞了。

Die Lampe ist kaputt.

低 郎婆 依司 卡瀑

■廁所在哪兒？

Wo ist die Toilette?

窩 依司 低 拖依雷特

■我的衣服應該送到哪裡送洗？

Wo kann ich meine Sachen reinigen lassen?

窩 砍 易需 買勒 殺喝 來歷跟 拉森

■要怎麼打電話？

Wie kann ich telefonieren?

威 砍 易需 貼列風逆痕

■排水管堵塞了。

Der Abfluß ist verstopft.

跌 阿布服路斯 依司 匪史都夫特

在旅館

4. 退房

■我明早七點離開。

Ich reise morgen früh um 7 Uhr ab.

易需 來色 磨跟 夫 溫 西本 屋而 阿不

■明早我要離開這間旅館。

Morgen früh verlasse ich das Hotel.

磨恩 夫 匪拉森 易需 打斯 合貼魯

■我想把我的行李拿回來。

Ich möchte mein Gepäck abholen.

易需 目需特 買 葛沛克 阿布吼冷

■我要付錢。

Ich möchte zahen.

易需 目需特 擦冷

■我一共應該付多少錢？

Wieviel soll ich insgesamt bezahlen?

威非 索 易需 因斯葛喪 柏擦冷

■在哪邊付款？

Wo kann ich bezahlen?

窩 砍 易需 柏擦冷

■我想這總金額有錯誤。

Die Rechnung stimmt nicht.

低 類需濃 使丁 逆需特

■您也接受信用卡嗎？

Nehmen Sie auch die Kreditkarte?

年門 西 凹喝 低 潰提卡特

■請您幫我開張發票。

Schreiben Sie mir bitte eine Quittung.

史踹本 西 密爾 必特 唉冷 潰同

■您可不可以幫我把行李帶下來？

Lassen Sie bitte mein Gepäck runter bringen?

拉森 西 必特 買 葛沛克 輪特 賓跟

MEMO

在餐廳

在餐廳

1. 電話預約

■有兩個人的座位嗎？

Haben Sie einen Tisch für 2 Personen?

哈本 西 唉冷 替虛 夫 ㄘ外 瞥鬆能

■您吸煙還是不吸煙呢？

Raucher oder Nichtraucher?

勞喝 歐德 逆需勞喝

■有非吸煙區嗎？

Haben Sie hier Sitzplätze für Nichtraucher?

哈本 西 西爾 係次瀑雷ㄘ 夫 逆需勞喝

■在非吸煙區還有空的座位嗎？

Haben Sie auch einen Tisch in der Nichtraucherzone?

哈本 西 凹喝 唉冷 替虛 因 德兒 逆需勞喝聰能

■請幫我們安排一個靠窗的座位。

Bitte ein Platz am Fenster.
必特 安 撲辣ㄘ 骯 翻士特

在餐廳

2. 到餐廳

■這座位是空的嗎？

Ist der Tisch frei?
以斯 德兒 替虛 服來

■您有訂位嗎？

Haben Sie eine Reservierung?
哈本 西 唉冷 雷色威耳聾

■我已經訂位了。

Ich habe schon einen Tisch reservieren lassen.
易需 哈柏 兄 唉冷 替虛 來色威而冷 拉森

■我們沒有訂位。

Wir haben nicht reserviert.
威爾 哈本 逆需 來色威而特

■您能不能等一下？

Können Sie ein bisschen warten?

肯能 西 安 必司損 挖疼

■您們一共幾位？

Wieviele Personen sind Sie?

威非 瞥鬆能 新 西

■我還有朋友要來。

Mein Freund kommt noch.

買 逢得 恐 諾喝

在餐廳

3. 叫菜

■請您把菜單拿給我們！

Bringen Sie uns bitte die Speisekarte!

賓跟 西 溫司 必特 低 使敗色卡特

■您已經想好要點什麼了嗎？

Haben Sie schon gewählt?

哈本 西 兄 葛威

■您現在要點餐了嗎？

Möchten Sie jetzt bestellen?

目需疼 西 業ㄘ 柏使貼冷

■我還沒有決定我要點什麼。

Ich habe mich noch nicht entschieden.

易需 哈柏 密需 諾喝 逆需 煙需登

■你們的招牌菜是什麼？

Was ist Ihre Spezialität?

瓦斯 以斯 依兒 師背棄壓力貼

■您能推薦我們什麼好吃的嗎？

Können Sie etwas empfehlen?

可能 西 ㄟ特挖司 煙瀑非冷

■您的主菜想要吃什麼嗎？

Was hätten Sie gerne als Hauptspeise?

瓦斯 黑疼 西 乾能 阿司 號瀑使拍色

■我想要吃魚。

Ich möchte gerne Fisch.

易需 目需特 乾能 廢墟

■您的甜點想要吃什麼？

Was möchten Sie als Nachtisch?

瓦斯 目需疼 西 阿司 那喝替虛

■您想要喝什麼？

Was möchten Sie trinken?

瓦斯 目需疼 西 聽肯

■我想喝杯啤酒。

Ich möchte ein Glas Bier.

易需 目需特 安 葛拉司 必爾

■還要些什麼嗎？

Sonst noch etwas?

鬆司 諾 ㄟ特瓦斯

在餐廳

4. 叫牛排

■我要一客牛排！

Ein Steak bitte!

安 使貼課 必特

■我要點一份維也納牛排。

Ich nehme ein Wiener Schnitzel.

易需 年門 安 威能 史逆ㄘ樂

■您想要怎麼樣的牛排？

Wie möchten Sie Ihr Steak?

威 目需疼 西 亦而 使貼課

■我想要全熟的牛排。

Ich hätte das Steak gerne gut durchgebraten.

易需 黑疼 打斯 使貼課 乾能 股 踱需葛 拔疼

■我的牛排不用太熟。

Ich möchte mein Steak blutig haben.

易需 目需特 買 使貼課 不替虛 哈本

zum Wohl!!
乾杯！～

在餐廳

5. 進餐中

■祝您用餐愉快！

Guten Appetit!

股疼 阿婆踢

■乾杯！

Prost!

破斯特

■這裡少一份餐具。

Hier fehlt ein Besteck.

係而 費 安 柏使貼課

■您可不可以再給我另外一個盤子？

Können Sie mir einen anderen Teller bringen?

肯能 西 密而 安冷 安得冷 貼樂 賓能

■請您給我鹽或胡椒。

Bitte geben Sie mir Salz oder Pfeffer.

必特 給本 西 密爾 殺ㄘ 歐德 非逢

■好吃嗎？

Schmeckt es Ihnen?

使妹課 ㄟ斯 因能

■很好吃。

Es war sehr gut.

ㄟ斯 挖 日夜 股

■我沒點這盤菜。

Das habe ich nicht bestellt.

打斯 哈柏 易需 逆需 柏使貼

■我還想要再來一點麵包。

Ich möchte gerne noch etwas Brot.

易需 目需特 乾能 諾喝 ㄟ特瓦斯 柏特

■我點的菜還沒來。

Meine Bestellung kam bis jetzt noch nicht.

買勒 柏使貼龍 康 必司 業ㄘ 諾喝 逆需特

在餐廳

6. 付帳

■我想要結帳。

Ich möchte bezahlen.
易需 目需疼 柏擦冷

■這是您的帳單。

Hier ist die Rechnung.
西爾 以斯 低 雷需濃

■您要一起付還是分開來付？

Zahlen Sie getrennt oder zusammen?
擦冷 西 葛推 歐德 出喪門

■我們分開付。

Wir zahlen getrennt.
威爾 擦冷 出擦

■一起付。

Zusammen bitte.
出喪門 必特

7. 在速食店

■一個漢堡、一杯咖啡帶走

Bitte einen Hamburger und einen Kaffee zum Mitnehmen.

必特 安冷 漢柏葛穩 安冷 咖啡 出母 密年門

■我要一杯可樂還有兩條香腸。

Bitte eine Cola und zwei Würste.

必特 安冷 可樂 穩 ㄘ外 屋斯特

■請給我一個起司漢堡，還有一杯奶昔。

Geben Sie mir einen Cheeseburger und einen Milchshake, bitte.

給本 西 密爾 安冷 緝私柏格 溫 安冷 密需雪課 必特

■我要一條熱狗。

Einen Hotdog, bitte.

唉冷 哈懂格 必特

■有什麼飲料？

Welche Getränke haben Sie?

威喝 葛推課 哈本 西

■我沒有點這一個漢堡。

Ich habe diesen Burger nicht bestellt.

易需 哈柏 地森 柏格 逆需 柏使貼

■這裡用或是要外帶？

Zum hier Essen oder zum Mitnehmen?

出母 西爾 ㄟ森 歐德 出母 米特年門

風景優美的萊因河之旅

購物逛街

逛街購物
1. 找地方

■最近的百貨公司在哪？

Wo ist das nächste Kaufhaus?

窩 以斯 打斯 鎳斯特 考夫號師

■在哪裡可以買到便宜貨？

Wo kann ich preisgünstig einkaufen?

窩 砍 易需 派司估提格 安考分

■這附近有家自助商場。

In der Nähe ist ein Selbstbedienungsgeschäft.

因跌而 鎳而 以斯 安 些布斯柏丁濃葛血夫特

■要到哪裡結帳？

Wo ist die Kasse?

窩 以斯 低 卡色

■哪裡可以買到男士內衣？

Wo gibt es Herrenunterwäsche?

窩 給布 ㄟ斯 黑人溫特威雪

2. 在百貨公司

■您可以給我看看這個嗎？

Können Sie mir bitte dieses zeigen?

可能 西 密爾 必特 地色司 猜跟

■可以給我一本型錄嗎？

Kann ich einen Katalog haben?

砍 易需 安冷 科打落庫 哈本

■您要穿幾號的？

Welche Größe haben Sie?

威雪 國色 哈本 西

■我不知道我要穿幾號的。

Ich kenne meine Größe nicht.

易需 砍能 買勒 國色 逆需特

■您可以幫我量量看嗎？

Können Sie bitte messen.

可能 西 必特 沒森

■這邊哪裡可以換衣服？

Wo kann man sich hier umziehen?

窩 砍 慢 系虛 西爾 溫妻恩

■我可以試穿嗎？

Darf ich es anprobieren?

達夫 易需 ㄟ斯 安婆必而冷

■試衣間在那邊。

Da drüben ist die Kabine.

打 度本 以斯 低 卡賓樂

■這夾克不適合我。

Die Jacke passt mir nicht.

低 壓課 怕司 米爾 逆需特

■這件長褲好看嗎？

Wie war es mit dieser Hose?

威 挖 ㄟ斯 密 地森 豪司

■這件大衣穿在你身上很好看。

Der Mantel steht dir sehr gut.

跌而 慢特 使貼特 地爾 熱兒 股

■有別種顏色嗎？

Haben Sie andere Farben?

哈本 西 安得樂 法本

■有別種樣式嗎？

Haben Sie ein anderes Design?

哈本 西 安 航得勒司 跌散

■有小一號的嗎？

Haben Sie es eine Nummer kleiner?

哈本 西 ㄟ斯 安勒 怒門 課藍樂

■我的鞋是 38 號。

Meine Schuhgröße ist 38.

買勒 書國色 以斯 阿溫踱西需

■可以把我的褲子修短嗎？

Kann meine Hose gekürzt werden?

砍 易需 低 吼色 葛闊ㄘ 威登

■有別種樣式嗎？

Gibt es das in anderen Mustern?

給布 ㄟ斯 打斯 因 安得勒 木士特冷

逛街購物

■請保留收據，保固維修時要用！

Heben Sie die Quittung für die Garantie auf!

黑本 西 低 濆依同 服 低 嘎郎踢　奧夫

■我們給您打九折。

Wir geben Ihnen darauf 10% Rabatt.

威爾 給本 依能 達凹夫 千婆線 拉拔特

逛街購物

3. 郵寄、包裝

■可以給我一個袋子嗎？

Kann ich eine Tüte haben?

砍 易需 安冷 禿特 哈本

■請幫我包裝起來。

Bitte als Geschenk verpacken.

必特 阿司 葛炫克 匪怕肯

■運費要多少？

Wieviel Porto kostet das?

威非而 波透 扣斯特 打斯

逛街購物

4. 只看不買

■我只想要隨便看看。

Ich möchte nur schauen.

易需 目需特 怒爾 消痕

■我可以看看嗎？

Darf ich das ansehen?

達夫 易需 打斯 安些恩

■我只是到處看看。

Ich sehe nur herum.

易需 些而 怒爾 黑而溫

逛街購物

5. 講價付款

■這多少錢？

Wieviel kostet das?

威飛爾 扣斯特特 打斯

■這一共多少？

Was macht das zusammen?

瓦斯 媽喝特 打斯 出喪門

■我覺得這個太貴了。

Das ist mir zu teuer.

打斯 以斯 密爾 出 拖依爾

■您可以算便宜一點嗎？

Können Sie den Preis etwas nachlassen?

可能 西 店 派司 ㄟ特瓦司 那喝拉森

■這是特價品。

Das ist ein Sonderangebot.

打斯 依司 安 鬆得安葛柏

■我付現。

Ich werde in bar bezahlen.

易需 威得 因 八 柏擦冷

■我可以刷卡嗎？

Kann ich mit Karte bezahlen?

砍 易需 密 卡特 柏擦冷

■您也接受刷卡嗎？

Nehmen Sie auch Kreditkarte?
年門 西 凹喝 揆地卡特

■我沒有零錢。

Ich habe kein Kleingeld.
易需 哈柏 砍 砍勒給

■這是免稅的嗎？

Ist es duty free?
以斯 ㄟ斯 都提 非

逛街購物
6. 退貨

■我覺得，這邊有點缺損的情況。

Ich glaube, es ist hier beschädigt.
易需 糕柏 ㄟ斯 依司 西爾 柏薛地葛特

■這裡有瑕疵。

Hier ist ein Fehler.
西爾 以斯 安 非樂

■這工做得不好。

Das ist nicht gut verarbeitet.

打斯 以斯 逆需 股 匪阿白特

■我想要退換。

Ich möchte es gerne umtauschen.

易需 目需特 ㄟ斯 乾樂 溫逃損

■我可以把錢拿回來嗎？

Bekomme ich das Geld zurück?

柏空們 易需 打斯 給 出路課

■您有收據嗎？

Haben Sie die Quittung?

哈本 西 低 潰同

■保固期是一年。

Sie haben 1 Jahr Garantie darauf.

西 哈本 安 壓 嘎郎踢 達凹夫

Hast du Hunger?
餓了嗎？

逛街購物

觀光、娛樂

觀光、娛樂

1. 在旅遊服務中心

■旅遊服務中心在哪？

Wo ist die Touristeninformation?

窩 依司 低 突呂司疼因否馬戲翁

■我是第一次來到這個城市。

Ich bin zum ersten Mal in dieser Stadt.

易需 賓 出母 ㄟ斯特碼 因 低色 使搭

■這邊有什麼名勝古蹟？

Welche Sehenswürdigkeiten gibt es hier?

威黑 些恩窩地虛凱疼 給布 ㄟ斯 西爾

■這邊有什麼有趣的博物館嗎？

Gibt es interessante Museen?

給布 ㄟ斯 因貼雷喪特 木些恩

■這邊有什麼展覽嗎？

Welche Veranstaltungen gibt es hier?

威黑 匪安史大同跟 給布 ㄟ斯 西爾

■要怎麼去展覽會場？

Wie kommt man zur Veranstaltung?

威 恐 曼 出而 匪安史大同

■您有關於這個城市的介紹資料嗎？

Haben Sie Informationsmaterialien über die Stadt?

哈本 西 因佛馬器翁司碼踏李阿理恩 淤柏 低 史大

■您有這個城市的地圖嗎？

Haben Sie einen Stadtplan?

哈本 西 安冷 史大砰

■您有地鐵地圖嗎？

Haben Sie einen U-Bahnplan?

哈本 西 安冷 屋棒砰

觀光

■您有這個禮拜的表演節目表嗎？

Haben Sie Programme für diese Woche?

哈本 西 婆慣門 夫 低色 握合

■哪有便宜的旅館？

Gibt es billige Hotels?

給布 ㄟ斯 逼力葛司 合貼歐司

■有參觀啤酒釀造廠的旅行團嗎？

Gibt es eine Brauereitour?

給布 ㄟ斯 安冷 包額來吐喝

■有中文旅遊團嗎？

Gibt es Touren auf Chinesisch?

給布 ㄟ斯 突輪 凹夫 西鎳西需

■有德文的導覽嗎？

Gibt es eine Führung auf Deutsch?

給布 ㄟ斯 安冷 夫輪 凹夫 多依次需

觀光

■我想要參加市內觀光團。

Ich möchte an einer Stadtrundfahrt teilnehmen .

易需 目需特 骯 安鎳而 使搭ㄘ輪發泰黏門

■我想要參加觀光巴士旅遊團。

Ich möchte gerne an einer Busrundfahrt teilnehmen.

易需 目需特 乾能 骯 安鎳而 不是輪發胎年門

觀光、娛樂

2. 在旅遊地

■入口在哪？

Wo ist der Eingang?

窩 以斯 德兒 安剛

■出口在哪？

Wo ist der Ausgang?

窩 以斯 德兒 傲斯剛

■哪裡可以買到門票？

Wo gibt es Eintrittskarten?

窩 給布 ㄟ斯 安推特卡疼

■免費嗎？

Ist das kostenlos?

以斯 打斯 摳司疼落司

■週日不用門票。

Am Sonntag ist der Eintritt frei.

骯 鬆踏 以斯 得額 安推 服來

■這博物館週日有開放嗎？

Ist das Museum auch am Sonntag geöffnet?

以斯 打斯 木些恩 凹喝 骯 鬆塔 葛歐夫能特

■我買明信片。

Ich kaufe mir Ansichtskarten.

易需 考分 密爾 骯系虛卡疼

■我想要一個會說中文的導遊。

Ich möchte einen Führer, der Chinesisch spricht

易需 目需特 安冷 夫勒 德兒 西念西需 使必須特

■我一定要去看看柏林圍牆。

Die Berliner Mauer möchte ich auf jeden Fall sehen.

低 別林勒 貓而 目需特 易需 凹夫 耶登 法 西恩

■可以拍照嗎？

Darf man photographieren?

達夫 曼 佛拖嘎非依痕

■您想要在這邊照相嗎？

Möchten Sie hier Fotos machen?

目需疼 西 係爾 佛拖司 馬痕

■我對這場展覽印象深刻。

Ich bin sehr beeindruckt von dieser Ausstellung.

易需 賓 熱兒 柏安度課特 逢 地色 凹斯使貼龍

觀光、娛樂
3. 觀賞歌劇、音樂會

■今天晚上演出什麼劇碼？

Was wird heute Abend aufgeführt?

瓦斯 偉的 或依特 阿本 凹夫葛負特

■演出幾點開始？

Wann beginnt die Vorstellung?

汪 柏近 低 佛使貼龍

■演出幾點結束？

Wann endet die Vorstellung?

汪 煙得特 低 佛使貼龍

■這場舞台劇要演多久？

Wie lange dauert das Schauspiel?

威 郎歌 刀額特 打斯 消使必勒

■門票必須要預約嗎？

Muss man den Platz reservieren?

母斯 曼 店 鋪拉ㄘ 雷色威而冷

■可以用電話預約嗎？

Kann man die Karte telefonisch bestellen?

砍 曼 低 卡特 貼列風你需 跛使貼冷

■今晚的演出還有票嗎？

Gibt es heute Abend noch Karten?

給布 ㄟ斯 或依特 諾喝 卡疼

■我們想要坐在一起。

Wir möchten nebeneinander sitzen.

威爾 目需疼 捏本安骯得 西曾

■門票要多少錢？

Was kostet die Eintrittskarte?

瓦斯 扣斯特特 低 安推卡特

■學生有優待嗎？

Gibt es Ermäßigung für Studenten?

給布 ㄟ斯 ㄟ妹係工 夫 史嘟登

觀光、娛樂
4. 交友

■您叫什麼名字？

Wie heißen Sie?
威 海森 西

■您的名字是什麼？

Wie ist Ihr Name?
威 依司 依兒 那麼

■您是哪裡人？

Woher kommen Sie?
窩黑 恐門 西

■您幾歲了？

Wie alt sind Sie?
威 阿 新 西

■您哪時出生？

Wann sind Sie geboren?
汪 新 西 葛柏冷

■您在哪裡出生？

Wo sind Sie geboren?

窩 新 西 葛柏冷

■您在德國做什麼呢？

Was machen Sie in Deutschland?

挖司 罵痕 西 因 多依ㄘ藍

■您的職業是什麼？

Was sind Sie von Beruf?

瓦斯 新 西 逢 柏屋

■您在哪裡工作？

Wo arbeiten Sie?

窩 阿白疼 西

■您的興趣是什麼？

Was ist Ihr Hobby?

瓦斯 以斯 依兒 豁必

■這是我的弟弟。

Das ist mein jüngerer Bruder.

打斯 以斯 買勒 擁格樂 不得

觀光

■我的弟弟已經結婚了。

Mein Bruder ist schon verheiratet.

買 不得 以斯 兄 匪海拉特特

■這是我的妹妹。

Das ist meine Schwester.

打斯 以斯 買勒 使威斯特

■我的妹妹還是單身。

Meine Schwester ist ledig.

買勒 使威斯特 以斯 雷地虛

交通

交通

1. 問路

■我對這地方很陌生。

Ich bin fremd hier.

易需賓 服連得 西爾

■我迷路了。

Ich habe mich verlaufen.

易需 哈柏 密需 匪勞分

■請您告訴我去旅館的路。

Zeigen Sie mir bitte den Weg zum Hotel.

猜跟 西 密爾 必特 店 為 出母 合貼魯

■車站在那邊？

Wie komme ich zum Bahnhof?

威 恐門 易需 出母 班或夫

■那地方離這不遠。

Es ist nicht weit von hier.

ㄟ斯 依司 逆需特 歪 逢 西爾

■旅館很快再轉角就可以看得到。

Das Hotel ist gleich um die Ecke.

打斯 合貼爾 以斯 葛來需 溫 低 ㄟ課

■大學就在這裡附近。

Die Universität ist in der Nähe von hier.

低 烏你威係貼 以斯 因 德兒 鎳而 逢西爾

■用走的可以走道那邊嗎？

Kann man zu Fuß hingehen?

砍 曼 出 負撕 新給恩

■請您直走到下一個十字路口。

Gehen Sie geradeaus bis zur nächsten Kreuzung.

給恩 西 葛拉得傲斯 必司 出而 鎳斯特闊錯

■到那邊時，請您左轉。

Dort biegen Sie nach rechts.

多 逼跟 西 那 列ㄘ

交通

交通

2. 坐計程車

■去市政府要多少錢？

Wieviel kostet eine Fahrt zum Rathaus?

威 扣斯特特 安冷 法 出母 拉特浩斯

■車程多久？

Wie lange dauert die Fahrt?

威 朗葛 刀痕 低 法

■我可以把窗戶打開來嗎？

Darf ich das Fenster aufmachen?

達夫　易需 打斯 翻士特 凹夫碼痕

■請在開前一點點。

Bitte fahren Sie ein Stück weiter.

必特 法痕 西 安 史都課 歪特

■請在這邊停車。

Bitte halten Sie hier.

必特 哈疼 西 係爾

■您可以等一下下嗎？

Können Sie bitte einen Moment warten?

可能 西 逼特 安冷 磨門特 挖疼

■我馬上回來。

Ich bin gleich zurück.

易需 賓 葛來需 出魯

交通

3. 坐電車、地鐵

■請問哪裡有路面電車車站？

Wo ist die Straßenbahnhaltestelle?

窩 以斯 低 使他森辦使貼樂

■地鐵車站在哪？

Wo ist die U-Bahn-Station?

挖 以斯 低 屋 辦 史大器翁

■電車開往哪裡？

Wohin fährt die Straßenbahn?

窩心 費 低 使他森辦

■電車開往中央車站嗎？

Fährt diese Straßenbahn zum Hauptbahnhof?

非 地色 使他森辦 出母 號普特搬貨夫

■不好意思，請問這個座位有人坐嗎？

Verzeihung, ist dieser Platz frei?

匪菜翁 依司 地色司 撲辣ㄘ 服來

■這是哪一站？

Welche Station ist das?

威喝 史大七翁 以斯 打斯

■哪時要轉車？

Wann muss ich umsteigen?

屋汪 母斯 易需 溫使太跟

■您坐地鐵會比較快。

Sie kommen mit der U-Bahn schneller an.

西 恐門 密 跌而 屋 辦 使鎳樂 安

■最後一班地鐵是凌晨一點開車。

Die letzte U-Bahn fährt um 1 Uhr morgens.

低 列斯特 屋 班 費 溫 安 屋而 磨跟司

交通

4. 坐巴士

■最近的公車站在哪？

Wo ist die nächste Bushaltestelle?

窩 依司 低 鎳斯特 布斯哈特使貼樂

■我該搭哪路公車？

Welche Linie muss ich nehmen?

威喝 凌厲 母斯 易需 年們

■您可以搭 21 路公車。

Nehmen Sie den Bus Linie 21.

年門 西 店 布斯 凌厲 安穩ㄘ汪氣需

■公車每五分鐘來一班。

Die Busse fahren alle 5 Minuten.

低 不色 法冷 阿樂 負 米弩疼

■公車直搭機場。

Der Bus fährt direkt zum Flughafen.

德兒 布斯 費 低劣課 出母 服路課哈粉

■這公車會經過劇場嗎？

Fahrt der Bus am Theater vorbei?

費 德兒 布斯 骯 貼阿特 佛敗

■我必須要坐幾站？

Wieviele Stationen muss ich fahren?

威 非樂 使打氣翁能 母斯 易需 法冷

■我要在哪邊下車？

Wo muss ich aussteigen?

窩 母斯 易需 凹斯使帶跟

交通

Mit dem Bus fahren
坐公車

郵局、電話

郵局、電話
1. 在郵局

■這附近有郵局嗎？

Gibt es hier in der Nähe eine Post?

給布 ㄟ斯 西爾 因 德兒 鎳而 安勒 破斯特

■附近有郵筒嗎？

Gibt es in der Nähe einen Briefkasten?

給布 ㄟ斯 因 德兒 鎳而 安勒 必夫卡司疼

■不好意思，這包裹要寄到台灣。

Dieses Päckchen nach Taiwan, bitte.

地色司 呸課西恩 那喝 台灣 必特

■寄一箱包裹到台灣要多少錢？

Was kostet ein Päckchen nach Taiwan?

瓦斯 扣斯特特 安冷 配課西恩 哪喝 台灣

■用航空郵件的方式，寄一張明信片到台灣要多少錢？

Was kostet eine Postkarte per Luftpost nach Taiwan?

瓦斯 扣斯特特 安勒 波斯卡特 撇 路夫婆斯特 哪喝 台灣

■請給我一張一歐元的郵票。

Geben Sie mir bitte eine Ein-Euro Briefmarke.

給本 西 米爾 必特 安冷 安 歐羅 必夫馬克

郵局、電話

2. 打市內電話

■請問您是誰？

Wer ist bitte am Apparat?

威爾 以斯 必特 骯 阿帕拉

■我想要和史密特先生通話。

Ich würde gern Herrn Schmitt sprechen.

易需 窩得 乾 黑痕 史密特 師被痕

■請等一下！

Bleiben Sie am Apparat!

布來本 西 骯 阿怕拉

■他剛好不在家。

Er ist leider nicht zu Haus.

ㄟ兒 以斯 來得 逆需 出 浩斯

■您打錯電話了。

Sie sind nicht richtig verbunden.

蹦新 逆需特 力需氣需 匪奔得

■我過一段時間再打。

Ich rufe wieder an.

易需 盧佛 威得 安

■再見！

Auf Wiederhören!

傲夫 威得呼輪

■正在佔線中。

Die Leitung ist besetzt.

低 來同 以斯 柏謝ㄘ

■我可以傳什麼消息給他嗎？

Kann ich ihm etwas ausrichten?

砍 易需 因母 ㄟ特瓦斯 凹斯力序疼

■我想留言。

Ich möchte eine Nachricht hinterlassen.

易需 目需特 安勒 那力居疼 西特拉森

郵局、電話

3. 在飯店打國際電話

■怎麼樣可以打電話？

Wie kann ich telefonieren?

威 砍 易需 貼列風逆而冷

■我要打一通到台北的長途電話。

Ein Ferngespräch nach Taipeh, bitte.

安 翻葛使配需 那 台北 必特

■打到台灣的長途電話多貴？

Wie teuer ist das Ferngespräch nach Taiwan?

威拖依而 以斯 打斯 翻葛使配需 那 台灣

■請幫我轉接服務人員。

Verbinden Sie mich bitte mit dem Kundendienst.

匪賓登 西 密需 必特 密 店母 昆登訂斯特

eine Reise machen
去旅遊

遇到麻煩

遇到麻煩

1. 東西掉了

■我的信用卡不見了。

Meine Kreditkarte ist weg.

買勒 潰提卡 以斯 位

■我找不到機票。

Ich kann Flugticket nicht finden.

易需 砍 服盧歌踢器 逆需 分因等

■我把我的公事包弄丟了。

Ich habe meine Aktentasche verloren.

易需 哈柏 買勒 阿課疼他損 匪落輪

■包包裡面有什麼？

Was war in der Tasche?

瓦斯 瓦 因 德兒 他損

■在包包裡有一些證件。

In der Tasche sind Ausweise.

因 德兒 他損 新 凹司外司

遇到麻煩
2. 被偷

■救命！

Hilfe!
西佛

■我的行李不見了。

Mein Koffer fehlt.
買 摳佛 費

■有人偷了我的包包。

Jemand hat meine Tasche gestohlen.
耶慢 海特 買勒 他損 葛使多冷

■我的照相機被偷了。

Mir ist mein Fotoapparat gestohlen werden.
密爾 以斯 賣 佛陀阿趴拉 葛使多冷

■你瞭解我在說什麼嗎？

Verstehst du, was ich gesagt habe?
匪使貼斯 度 瓦斯 易需 葛殺特 哈柏

■你是在哪時候、在哪裡被搶的？

Wann und wo ist es passiert?

汪 溫 握 以斯 ㄟ斯 趴係ㄜ特

■請您叫警察來！

Rufen Sie die Polizei!

路分 西 低 婆裡菜

■警察局在哪？

Wo ist das Polizeirevier?

窩 以斯 打斯 婆裡菜雷飛爾

■在哪裡可以報失竊案？

Wo kann ich einen Diebstahl anzeigen?

窩 砍 易需 安冷 地不史大 安菜歌

■在哪裡可以報失？

Wo kann ich das melden?

窩 砍 易需 打斯 滅依登

遇到麻煩

3. 交通事故

■我受傷了。

Ich bin verletzt.

易需 賓 匪列ㄘ

■流血了。

Es blutet.

ㄟ斯 不魯特特

■這裡有人會說中文嗎？

Spricht hier jemand Chinesisch?

使闞需 西爾 耶慢 西鎳西需

■這和我一點關係都沒有。

Ich habe damit nichts zu tun.

易需 哈柏 達密 逆需特 出 吐

遇到麻煩
4. 生病

■這附近有醫院嗎？

Gibt es in der Nähe ein Krankenhaus?

給布 ㄟ斯 因 德兒 鎳而 安 康肯浩斯

■請您帶我去醫院。

Bitte bringen Sie mich ins Krankenhaus.

必特 賓跟 西 密需 因斯 康肯浩斯

■我感冒了。

Ich bin erkältet.

易需 賓 ㄟ課特特

■這裡很痛。

Hier tut es sehr weh.

西爾 吐 ㄟ斯 熱兒 威

■我頭痛。

Ich habe Kopfschmerzen.

易需 哈柏 闊夫使面曾

■我有點小發燒。

Ich habe leichtes Fieber.

易需 哈柏 賴需斯特司 菲薄

■我咳嗽得很厲害。

Ich habe starken Husten.

易需 哈柏 史大科 呼司疼

■我拉肚子了。

Ich habe Durchfall.

易需 哈柏 度需發

■有東西跑到我的眼睛裡了。

Ich habe etwas im Auge.

易需 哈柏 ㄟ特瓦斯 因 凹葛

MEMO

附錄

台灣地名

台北	Taipeh
桃園	Taoyuan
新竹	Xinzhu
台中	Taizhong
台南	Tainan
高雄	Gaoxiong
花蓮	Hualian
台東	Taidong

台灣著名觀光景點

中正紀念堂

die Tschiang-Kai-Scheck-Gedächtnishalle

西門町

Shimenting

故宮博物院

das Palastmuseum

陽明山公園

der Yangmingshan-Park

碧潭

Pitan

淡水

Tamshui

阿里山

Alishan

日月潭

der Sonne-Mond-See

安平古堡

das Fort Zeelandia

墾丁公園

der Kenting-Park

台灣飯店

圓山大飯店

das Grand Hotel

希爾頓大飯店

das Hilton

國賓大飯店

Ambassador Hotel

中泰賓館

Mandarin Hotel

阿里山賓館

das Alishan-Haus

天祥招待所

die Tienshiang-Herberge

教師會館

die Herberge fur Lehrer

國際學舍

das Internationale Studentenheim

德國地名

柏林	Berlin
波昂	Bonn
德勒斯登	Dresden
法蘭克福	Frankfurt am Main
漢堡	Hamburg
漢諾威	Hannover
海德堡	Heidelberg
卡塞爾	Kassel
科隆	Köln
萊比錫	Leipzig
馬堡	Marburg
慕尼黑	München
羅斯托克	Rostock
斯圖加特	Stuttgart

德國著名觀光景點

柏林圍牆

Berliner Mauer

勝利紀念柱

Siegessäule

布蘭登堡大門

Brandenburger Tor

菩提樹大街

Lindenstraße

國會大廈

Parlamentgebäude

夏洛特宮

Charlottenburger Schloß

亞歷山大廣場

Alexanderplatz

波茨坦廣場

Potsdamplatz

科隆大教堂

Kölner Dom

巧克力博物館

Schokoladenmuseum

漢堡港

Hamburger Hafen

聖麥克教堂

St. Michaelis Kirche

海德堡城堡

Heidelberger Schloß

多瑙河

Donau

萊因河

Rhein

羅蕾萊之岩

Felsen der Loreley

奧林匹克運動場

Olympiastadion

德意志博物館

Deutsches Museum

歌德故居

Goethehaus

貝多芬故居

Beethovenhaus

十二生肖

十二生肖	die 12 Tierzeichen
鼠	die Ratte
牛	der Ochse
虎	der Tiger
兔	der Hase
龍	der Drache
蛇	die Schlange
馬	das Pferd
羊	das Schaf
猴	der Affe
雞	der Hahn
狗	der Hund
豬	das Schwein

十二星座

水瓶座	Wassermann
雙魚座	Fische
白羊座	Widder
金牛座	Stier
雙子座	Zwillinge
巨蟹座	Krebs
獅子座	Löwe
處女座	Jungfrau
天秤座	Waage
天蠍座	Skorpion
射手座	Schütze
摩羯座	Steinbock

台灣水果

荔枝	die Lidschi-Frucht
龍眼	die Longan-Frucht
釋迦	die Blutpampelmuse
芒果	die Mango
甘蔗	das Zuckerrohr
西瓜	die Wassermelone
枇杷	die Wollmispel

水果

蘋果	der Apfel
甜橙	die Orange
香蕉	die Banane
草莓	die Erdbeere
柳丁	die Apfelsine
椰子	die Kokonuß
梨子	die Birne
甜瓜	die Melone
葡萄	die Traube
檸檬	die Zitrone

中式菜餚

糖醋排骨

Süß-saure Schweinerippchen

北京烤鴨

Peking-Ente

蜜汁火腿

Honigtauschinken

烤乳豬

Spanferkel

牛肉麵

Stark gewürzte Nudelsuppe mit Rindfleisch

排骨飯

Reis mit Schweinerippchen

醉雞

Huhn in Wein

咖哩牛肉

Mit Curry zubereitetes Rindfleisch

蛋包飯

Gebratener Reis mit Ei

餃子

Teigtaschen mit Schweinefleischfüllung

雞腿飯

Reis mit Hühnerschenkel

炒米粉

Gebratene Reisnudeln

蚵仔煎

Austernomelett

重要節日

西洋除夕

das Silvester

新年

das Neujahr

情人節

der Valentinstag

復活節

das Ostern

德國統一日

der Deutsche Einheitstag

慕尼黑啤酒節

das Oktoberfest

聖誕夜

der Weihnachtsabend

聖誕節

die Weihnachten

中國除夕

der Neujahrsabend

農曆年

das chinesische Neujahr

元宵節

das Laternenfest

端午節

das Drachenbootfest

中秋節

das Mondfest

國慶日

der Nationalfeiertag

德國的大公司

拜耳公司	Bayer
BMW 汽車公司	BMW
博世公司	Bosch
戴姆勒賓士汽車公司	Daimler-Benz
德意志銀行	Deutsche Bank
德勒斯頓銀行	Dresdner Bank
卡爾施塔特百貨公司	Karstadt
歐寶汽車公司	Opel
西門子公司	Siemens
大眾汽車公司	Volkswagen

德國諺語

■萬事起頭難

Aller Anfang ist schwer.

■眼不見為淨

Aus den Augen, aus dem Sinn.

■有其父必有其子

Der Apfel fällt nicht weit vom Stamm.

■要抓住一個人的心，先抓住他的胃

Die Liebe geht durch den Magen.

■欲速則不達

Eile mit Weile.

■成功論英雄

Ende gut, alles gut.

■飢不擇食

Hunger ist der beste Koch.

■人要衣裝，佛要金裝

Kleider machen Leute.

■船到橋頭自然直

Kommt Zeit, kommt Rat.

■懶人才不今日事，今日畢

Morgen, morgen, nur nicht heute, sagen allen faulen Leute.

■玉不琢，不成器

Ohne Fleiß kein Preis.

■熟能生巧

Übung macht den Meister.

■時間就是金錢

Zeit ist Geld.

■一諾千金

Ein Mann, ein Wort.

■有選擇就有痛苦

Wer die Wahl hat, hat die Qual.

德語系列: 07

用中文溜德語

編著／哈福編輯部
出版者／哈福企業有限公司
地址／新北市中和區景新街347號11樓之6
電話／(02) 2945-6285　傳真／(02) 2945-6986
郵政劃撥／31598840　戶名／哈福企業有限公司
法律顧問／北辰著作權事務所　蕭雄淋律師
出版日期／2014年8月
特價／NT$ 200元

全球華文國際市場總代理／采舍國際有限公司
地址／新北市中和區中山路2段366巷10號3樓
電話／(02) 8245-8786　傳真／(02) 8245-8718
網址／www.silkbook.com 新絲路華文網

香港澳門總經銷／和平圖書有限公司
地址／香港柴灣嘉業街12號百樂門大廈17樓
電話／(852) 2804-6687　傳真／(852) 2804-6409
特價／港幣67元

email／haanet68@Gmail.com
網址／Haa-net.com
facebook／Haa-net 哈福網路商城

Copyright © 2014 Haward Co., Ltd.

國家圖書館出版品預行編目資料

用中文溜德語 / 哈福編輯部編著. -- 新北市：哈福企業, 2014.8
面；　公分. -- (德語系列: 07)
ISBN 978-986-5972-64-6

1.德語　2.會話

805.288　　103015434